Hans-Peter Schneider

Seppis Tagebuch

Passt scho!

Hans-Peter Schneider

Seppis Tagebuch

Passt scho!

Illustrationen: Christiane Franke

rosenheimer

Vollständige Taschenbuch-Ausgabe der im Rosenheimer Verlagshaus
erschienenen Originalausgabe 2013

www.rosenheimer.com

Illustrationen: Christiane Franke, Basel
Satz: Christiane Franke, Basel
Druck und Bindung: CPI Moravia Books s.r.o., Pohorelice
Printed in Czech Republic

ISBN 978-3-475-54370-8

Für Antonia und Emma

SEPTEMBER

Mittwoch

Es ist einfach unglaublich. Der Rammelmeyer denkt, dass ich zu wenig denk! Nur weil er Deutschlehrer ist und denkt, er checkt alles! ICH soll mehr denken! Das hat er meiner Mutter so gesagt. Der Depp!

Und dann schimpft er auch noch, dass ich zu stark bairisch red. Und das Ganze traut er sich schon nach fünf Schultagen zu sagen. Ich kenn mich jetzt schon seit fast 14 Jahren und würde mir so eine Behauptung nie zutrauen.

Ich hab meiner Mutter dann erklärt, dass ich einfach nicht besser denken kann. Sie hat mir nicht geglaubt. Wie immer!

Aber was hab ich auch erwartet?!? Schließlich belügt die sich selbst und ihre Freundinnen seit Jahren.

Aber was soll man schon von einer Frau erwarten, die die goldene Ehrennadel des Trachtenvereins „D' fidelen Holzhacker e.V." mit Stolz trägt.

Mein Vater war im Hinblick auf meine Talente schon immer gechillter. Das liegt daran, dass er seit ungefähr 100 Jahren irgendwo in einem Büro oder so arbeitet. Oder als Beamter. Ganz genau weiß ich nicht, wo der Unterschied ist. Und was er da genau macht, weiß ich auch nicht. Aber nachdem mein Vater immer ausgeruht von der Arbeit kommt, ist die Anforderung dort wohl ziemlich überschaubar.

Wie auch immer, mein Vater hat's auf jeden FaLL besser drauf, mich einzuschätzen!

Um auf den Punkt zu kommen: Der Rammelmeyer und meine Mutter zwingen mich, mehr zu schreiben! Um dadurch mehr zu denken! Um dadurch meine geniale InteLLigenz auch mal in schulischen Erfolg zu verwandeln.

Bis ich alt genug bin, meine Mutter dafür anzuzeigen oder über meine schlimme Jugendzeit eine Biografie zu schreiben, muss ich das jetzt wohl so machen.

Den Vorteil dabei spür ich jetzt schon: Ich denk viel mehr als früher.

Donnerstag

Als ich heut Früh aufgestanden bin, hat mir mein Handgelenk wehgetan. Das kommt vom vielen Schreiben gestern, zu dem mich meine Mutter gezwungen hat. Ich glaub, ich habe eine Sehnenscheidenentzündung.

Oder eine genetische Gelenkkrankheit, die sich allmählich auf meinen Körper ausbreitet. Wenn ich so drüber nachdenk, scheint mir die zweite Möglichkeit viel logischer. Schließlich könnte mir die auch zu vielen Krankheitstagen an der Schule verhelfen. Im Klassenzimmer sitz ich übrigens genau hinter Schacke-Line.

Schacke-Line ist letztes Jahr aus Leepsch, oder so, zu uns nach Bayern gekommen.
Was ich nicht verstehe, ist, wie sie eine bayrische Schule denn überhaupt schaffen kann. Denn bekanntlich sind ja bayrische Schüler um vieles intelligenter als alle anderen Schüler auf der Welt.

Was ich außerdem nicht verstehe, ist, wie Eltern ihre Kinder Schacke-Line nennen können.

- Erstens klingt es wie Kacke und Biene.
- Zweitens schreibt man Schacke-Line Jacqueline, was drittens ja für jeden normalen Menschen total schwierig zu kapieren ist.
- Viertens könnte man also Schacke-Line auch Yac-Ling aussprechen, was Leute zu der Vermutung bringen könnte, dass sie eine Chinesin ist.
- Wenn man Schacke-Line ansieht, würde man diese Vermutung aber fünftens sehr schnell wieder verwerfen, weil Schacke-Line nicht wie eine Chinesin aussieht, sondern einfach nur hässlich ist.

- Sechstens ist Schacke-Line der Grund schlechthin, warum wir Bayern es immer noch nicht verkraftet haben, dass die Mauer gefallen ist.
- Und siebtens hat meine Mutter mal gesagt, dass Kevin kein Name, sondern eine Diagnose ist. Wenn das wirklich so ist, dann ist Schacke-Line auch kein Name, sondern ein ganzes medizinisches Lehrbuch für geistige und körperliche Absonderlichkeiten.
- Ach ja, achtens hätte ich beinahe vergessen:

Freitag

Heute war eigentlich nichts Besonderes in der Schule. Wir haben wie immer unserem Geografielehrer, Herrn Fritte, die Kreiden versteckt.

Das Praktische daran ist, dass der Fritte dann immer zum Kreideholen ins Sekretariat geht. Das nimmt ziemlich genau 6 Minuten und 37 Sekunden in Anspruch.
Zeit, die man viel sinnvoller nutzen kann.
Zum Beispiel für ein richtig gutes Fußball-Fachgespräch mit Hansi, meinem besten Freund. Der hat echt Ahnung vom Fußball.

Gerade ist für zwei Wochen ein Gastschüler aus Nordrhein-Westfalen in unserer Klasse.

Ich weiß nicht genau warum, aber er ist halt da. Ich weiß auch nicht genau, wo Nordrhein-Westfalen liegt, aber er spricht auf jeden Fall eine Art Deutsch.

Deswegen glaube ich auch nicht, dass es wirklich im Ausland liegt. Es ist wahrscheinlich eher so wie Österreich oder so oder Berlin.

Der Typ ist aber allen Ernstes doch tatsächlich Fan von Borussia Dortmund. Und er ist unglaublich stur.

Der wollte nicht mal auf mich und Hansi hören. Weil ich und Hansi sind ja für unsere gefühlvolle Überzeugungsarbeit bekannt.

Weil es halt im Guten nicht gegangen ist, hat der Hansi noch ein bisschen mehr nachgeholfen!

Dieser arme Volldepp ist schließlich vor uns weggelaufen. Und er hat sich nicht mal überzeugen lassen. Es wär so leicht gewesen. Ich und Hansi haben also versagt.

Aber trotzdem müssen wir am Montag zum Direktor. Ich find, das ist aber eine völlige Unverschämtheit.

Weil erstens hat nur der Hansi zugeschlagen, also soll auch nur er hin. Zweitens hat es der Dortmund-Fan ja überlebt, und drittens hat er es trotzdem nicht gecheckt. Und viertens ist eigentlich nur der Hansi schuld.

Montag

Heut war's so weit. Wir haben zum Direktor gemusst. Wenn man in unsere Schule hineingeht, dann steht man mitten in der Aula.

Normalerweise ist die aber auch der Pausenraum. Deswegen liegen überall Brotbeutel, leere Chipspackungen und sonstiger Müll rum. Von diesem Müllraum gehen vier Gänge weg. Jeder Gang hat seinen eigenen Namen. Zumindest bei mir!
In den „Hosenscheißer-Gang" müssen die kleinen Nervensägen.

Seit diesem Jahr gehe ich schon in den „Coole-Säue-Gang", so heißt der Gang aber erst seit heuer.
Der dritte Gang heißt „Alte-Volldeppen-Gang", da müssen die ältesten Schüler hin. Sind aber alles Penner! Und die haben sogar schon richtige Haare im Gesicht!

Aber der schlimmste Gang ist der Gang Nummer 4: DER TODESSTREIFEN!!!

Im Gang 4 sitzen nur komische Menschen. Lehrer, Sekretärinnen, zweite Direktorin und ... ER!
ER heißt eigentlich Miller. ER ist unser Direktor. Aber jeder sagt zu ihm KILLER-MILLER.
Den Namen hat er wahrscheinlich deshalb, weil er gerne schreit, Schüler zusammenscheißt und heftige Strafen raushaut. Hansi und ich haben wegen dem Dortmund-Deppen zum Killer-Miller müssen.

Ich glaub, der Killer-Miller wär lieber Direktor gewesen, als man den Schülern noch richtige Watschen gegeben hat. Mein Vater hat erzählt, dass er als Bub immer in die Ecke gemusst hat. Und dort hat ihm der Lehrer dann immer Tatzen gegeben. Das waren aber keine abgeschnittenen Katzentatzen. Das waren Schläge mit einem Stecken auf die Hand des Schülers.

Schule in der Jugend meines Vaters:

Mein Vater sagt, ihm haben die Schläge nicht geschadet. Aber mein Vater hat ja sonst auch keine Ahnung. Ich und Hansi sind dann also zum Killer-Miller rein. Der hat uns dann ewig lang zur Sau gemacht.

Dann hat er irgendwann Luft geholt. Und dann hat er uns weiter zur Sau gemacht. Killer-Miller hätte mich und Hansi wohl auch am liebsten so richtig durchgeprügelt. Aber das darf er nicht, weil er Direktor ist und wir Kinder und so. Dann ist er aber nach einer Ewigkeit fertig geworden mit Schreien und hat gefragt, ob wir was sagen wollen. Ich hab dann gleich versucht, das Ganze richtigzustellen!

Killer-Miller hat es irgendwie schon eingesehen, dass ich eigentlich das Opfer bin. Deswegen hat er Hansi zu vier Wochen Sozialdienst verurteilt und mich zu zwei. Ich wollt dagegen aber eigentlich noch mal protestieren. Da hat er aber dann seine Hand so komisch in meine Richtung gehoben, und ich bin lieber gegangen. Seitdem wir aber aus dem Killer-Büro rausgekommen sind, ist der Hansi irgendwie seltsam. Keine Ahnung, warum!

Ich find, eigentlich sollte der Hansi ja glücklich sein. Schließlich ist er schuld an dem Ganzen. Und er lebt trotzdem noch.

Dienstag

Was für ein bescheuerter Morgen. Schon nach dem Aufstehen war das Klo besetzt, und zwar fast 20 Minuten. Von meiner doofen Zickenschwester Veronika. Als sie dann endlich rausgekommen ist, bin ich reingegangen. Dann hat sie aber die nächsten 30 Minuten das Bad belagert. Na super. Und dann war auch noch das Schokomüsli aus. Na super super.

Aber: Je schlimmer der Morgen, desto … schlimmer der restliche Tag. Der Rammelmeyer wollt doch heut tatsächlich eine Ex schreiben.

Welcher Schüler ist denn bitte so verzweifelt, dass er auf Verdacht Deutsch lernt? Ich hab Herrn Rammelmeyer zeigen müssen, dass ich selbst entscheide, ob ich eine Ex schreib oder nicht.

So hab ich endlich den „Stuhl-Wipp-Fall-Ex-Vermeidungs-Tipp" anwenden können. Er ist aus meinem Ratgeber „101 Tipps für einen besseren Schultag". Den gibt es zwar noch nicht zu kaufen, aber in meinem Kopf. Ich hab noch nie einen meiner 101 Tipps ausprobiert. Aber ich bin mir sicher, dass alle diese 101 Tipps funktionieren, zumindest theoretisch. Und dann werd ich einmal reich damit.

Endlich hab ich also meinen „Stuhl-Wipp-FaLL-Ex-Vermeidungs-Tipp“, übrigens Tipp Nummer 71 im Buch, ausprobiern können. Und der geht so:

⟶ Fest mit dem eigenen Stuhl wippen
⟶ So fest, bis man schließlich das Gleichgewicht verliert
⟶ Und dann voLL rückwärts auf den Boden krachen

An dieser Stelle war mein Plan, eine Gehirnerschütterung vorzutäuschen, mich abholen zu lassen und eine Woche zu Hause gemütlich sämtliche Folgen von den Simpsons anzuschauen. Blöderweise war für meinen Kopf aber kein Boden zum Aufschlagen da, sondern nur ein Blumentopf.

Blumentöpfe sind überraschenderweise gar nicht so gut für einen Aufprall mit dem Kopf geeignet.

Ich hab es überlebt. Aber nur ganz knapp. Ich hab sogar ins Krankenhaus müssen. Die haben mich genäht. Drei Stiche. Ich war fast klinisch tot.

Aber: Zumindest habe ich keine Ex schreiben müssen. Dem Rammelmeyer hab ich's also so richtig gegeben. Find ich. Und ich weiß: Mein Ratgeber funktioniert! Zumindest theoretisch!

Mittwoch

Trotz meiner lebensbedrohlichen Verletzung hat mich meine Mutter heut gezwungen, in die Schule zu gehen. Meine Mutter hat mich aber noch zu viel Schlimmerem genötigt: Ich hab die Lederhose anziehen müssen!
Am vorletzten Mittwoch im September ist in meiner Schule nämlich „Wiesn-Tag", weil am vorletzten Samstag im September das Oktoberfest losgeht. Wie bescheuert ist es, ein Fest „Oktober" zu nennen, wenn es meistens im September läuft. Meine kleine Schwester Veronika hat mal wieder gezeigt, wie doof sie ist!

In der Schule gibt es dann passend zum Oktoberfest immer die „Bayrischen Spiele". Das soll so sein wie die Olympischen Spiele, ist aber viel peinlicher.

Da müssen alle im bayrischen Dreikampf antreten: Fingerhakeln, Masskrugstemmen und Weißwurst Wettessen. Der Gewinner ist dann ein Jahr lang der „Bayer des Jahres". Ich hab trotz meiner schweren Verletzung mitmachen müssen – echt lebensgefährlich!
Beim Fingerhakeln hab ich nämlich gegen Hansi antreten müssen. Ja, der Hansi, der immer noch kein Wort mit mir redet. Natürlich hab ich versucht herauszufinden, warum er nichts sagt.

Da hab ich eigentlich gedacht, dass alles wieder in Ordnung ist. Aber als ich Hansis Gesicht gesehen hab, als er mir beim Fingerhakeln gegenübergesessen ist, war ich mir da nicht mehr so sicher.

Außerdem ist das Problem, dass der Hansi die letzten zwei Jahre die Bayrischen Spiele an der Schule gewonnen hat. Obwohl mich die Spiele eh genervt haben, wollte ich trotzdem zumindest mein Bestes gegen Hansi geben:

Disziplin 1: Fingerhakeln

Wahrscheinlich hätt Hansi schon zum Ziehen aufhören können, bevor ich mit dem Kopf voll gegen die Tischkante geknallt bin. Aber er war wohl ein bisschen übermotiviert. Nun hab ich zu meiner lebensbedrohlichen Wunde am Hinterkopf noch eine lebensgefährliche fette Beule auf der Stirn bekommen. Und mein Finger ist wohl lebenslang ausgekugelt. Aber dem Hansi hat es sofort leidgetan, und er hat sich um mich gekümmert.

Der Vorteil an meiner knappen Niederlage war, dass ich nun ausgeschieden war. Denn nur die Sieger jeder Runde kommen weiter. So hab ich Hansi ganz in Ruhe beim Siegen zuschauen können. Allerdings hat er es mit seinem Ehrgeiz auch ein wenig übertrieben.

Disziplin 2: Masskrugstemmen

Hansi hat es dann locker bis in die nächste Runde geschafft. Aber irgendwie ist er mit seiner Art bei den andern nicht so gut angekommen. Deswegen haben sie ihn dann auch kräftig ausgebuht. Ich hab auch ein bisschen mitgebuht, da ich ja nicht als Außenseiter dastehen wollte. Für Hansi war das aber in Ordnung, was er mir auch so gesagt hat.

Entspannt und siegessicher hat Hansi ins Weißwurstessenfinale gehen können. Dort sind auch die Mädchen dazugekommen. Die hatten nämlich bei den Kraftsachen von vorher eine eigene Runde. Aber beim Essen durften sie mitmachen.

Und so hat Hansi gegen Schacke-Line um den Sieg bei den Bayrischen Spielen essen müssen. Schacke-Line hatte auch eine Tracht an. Allerdings keine wirkliche, sondern so ein braun-grau-hässliches Landhaus-Loden-Zeugsl mit Schrift und Ledereinsätzen.

Jetzt war ich aber wirklich in einer Zwickmühle. Wenn ich Hansi weiter ausgebuht hätte, hätte ich dann Schacke-Line unterstützt?

Vorsichtshalber hab ich einfach beide ausgebuht. Schließlich wollt ich nicht, dass Hansi sich benachteiligt fühlt und sauer wird. Auf jeden Fall haben sich die beiden dann 7 (in Worten: S – I – E – B – E – N) Stück Weißwürste reingezogen. Weißwürste zählt man übrigens nicht in Paar, sondern in Stück, hat meine Oma gesagt. Sie war nämlich Fleischereifachverkäuferin und hat immer noch sehr viele schlaue Sprüche drauf.

Schacke-Line hat dann nach der siebten Weißwurst aufgegeben. So hat Hansi jetzt gemütlich Nummer acht verdrücken können. Denn nur ganz gegessene Weißwürste zählen für die Endwertung.

Er hat aber dabei nicht so glücklich ausgesehen wie gedacht. Auch hat er immer so komische Geräusche gemacht. Und dann ist's passiert: Hansi hat auf ganzer Linie versagt!

Disziplin 3: Weißwurstessen

Danke, Hansi! Du kannst wirklich nichts! Ich bin schwer enttäuscht von meinem ehemals besten Freund.

Donnerstag

Nachdem die Woche bisher eh schon beschissen verlaufen ist, hat es ja eigentlich nur noch schlechter werden können.

Und so ist's auch gekommen. Mutter hat mir heute gesagt, dass meine Oma, die Fleischereifachverkäuferin außer Dienst, das ganze Wochenende kommen wird. Damit ich sie von meiner anderen Oma auseinanderkenne, sag ich zu dieser Oma übrigens immer Fleischer-Oma.

Das ist eigentlich nicht nötig, weil meine andere Oma, also die Mutter von meinem Vater, schon tot ist, und zwar schon seit bevor ich geboren bin. Aber meine jetzt einzige Oma freut sich, wenn man sie Fleischer-Oma nennt. Außerdem passt der Name zu ihr ganz gut, weil sie richtig dicke Wurstfinger hat und so Ohrwascheln, die von den sauschweren Ohrringen fast bis zu den Schultern hinuntergezogen werden. Die Ohrwascheln sind fast so groß wie ein Kotelett, allerdings ohne den Knochen an der Seite. Aber sie haben auch fast die gleiche Form.

Mein Tag ist dann in der Schule nicht wirklich besser geworden. Wir hatten zwei Stunden Religion. Ich find, eine Stunde Religion hat schon die Wirkung von ungefähr zehn Schlaftabletten, aber zwei Stunden Religion entsprechen ungefähr 113 Schlaftabletten, einer Herde von 371 Schafen und dem kompletten Sack des Sandmanns (mit einer Wochenration Sand darin für alle Kinder auf der großen weiten Welt!).

Ich glaub, diese Spannung liegt vor allem an dem Religionslehrer Pater Baptissimus. Der ist außerdem auch Mönch und läuft nur in langen braunen Kleidern herum. Das Problem dabei ist, dass der Pater nicht will, dass man in seinem Unterricht schläft. Und wenn man es doch tut, dann wird er grantig.

Das Komische am Pater ist, dass er nie „Du" zu einem sagt, sondern immer „Er". Zum Beispiel sagt er auch nie zu mir „Du bist ein Depp!", sondern immer „Er ist ein Depp!", obwohl er eigentlich mich meint. Und das sagt er wirklich oft zu mir.

Dieses Mal hat er das allerdings nicht gesagt, sondern er hat zu mir gesagt: „Er ist der unverschämteste Volldepp, der jemals dieses Schulhaus betreten hat!" Da hat er wieder mich gemeint, nur halt mit ein bisschen anderen Worten wie normalerweise. Der Pater Baptissimus würde auch gerne noch Schüler schlagen. Das darf er aber nicht mehr. Deswegen sucht er immer nach einem Freiwilligen in der Klasse, der in seinem Namen eine Kopfnuss erteilt.

Ich glaube, der Hansi hat einfach seine Niederlage gegen Schacke-Line noch nicht wirklich verkraftet. Deswegen will ich auch gar nicht nachtragend sein. Aber meine

Beule am Kopf ist damit nicht besser geworden. Im Gegenteil, sie ist inzwischen groß wie eine Faust! Wenn ich auf der anderen Seite meiner Stirn auch noch so eine Beule gehabt hätte, hätte ich beinahe ausgesehen wie der Teufel. Allerdings wären meine Hörner dann nicht spitzig gewesen, sondern eher rund. Dadurch hätten die Abergläubischen sofort gecheckt, dass ich nicht wirklich der Teufel bin.

Wenn sie das nämlich nicht checken, kann es durchaus in Bayern mal vorkommen, dass man vorsorglich verbrannt wird. Sagt zumindest meine Fleischer-Oma. Hansi hat sich nach der Stunde sofort bei mir entschuldigt.

Freitag

Fleischer-Oma ist angekommen. Eine große Freude für Mutter und sie, eine riesengroße Hölle für mich, Veronika und ... meinen Vater. Meine Fleischer-Oma hasst nämlich meinen Vater wie die Sau.

Sofort haben ich und meine Schwester kommen müssen und unserer Oma ordentlich die Hand geben, wie es sich gehört. Sagt meine Mutter. Dann hat die Oma mich und meine Schwester erst mal genauer betrachtet, wie jedes Mal.

Das kommt mir dann immer so vor wie bei „Hänsel und Gretel", wo doch der Hänsel immer der kurzsichtigen Hexe den Knochen in die Hand gibt. Nur dass ich keinen Knochen habe und trotzdem die gleichen Kommentare krieg.

Allerdings freu ich mich trotzdem immer über diese Fleischbeschau. Weil meine Fleischer-Oma nämlich nicht nur mich begutachtet, sondern auch Veronika. Und das ist dann schon eher wieder eine Gaudi für mich. Obwohl meine doofe Schwester sich immer voll einschleimt!

Meine Schwester weiß dann immer nicht, ob sie heulen soll oder sich doch weiter einschleimt. So startet dann die Besuchszeit von Oma doch immer irgendwie nett. Auch wenn während dieser Zeit Vergiftungsgefahr in unserem Haus herrscht.

Fleischer-Oma trinkt nämlich aus allen Gläsern, die irgendwo rumstehen. Wenn man Glück hat, fragt sie vorher. Meistens hat man kein Glück!

Wenn man aLLerdings grad nicht im Raum ist, nimmt sie trotzdem aLLe Gläser, die rumstehen. Und sie sagt mir natürlich auch danach nicht, dass sie mein Glas benutzt hat. Weil schließlich ist sie ja nicht giftig! BÄHHHHH! Aber das kann dann richtig gefährlich werden. Sogar lebensgefährlich!

Ich erklär das Ganze mal so:

Seppis Knigge

Heute: Die top drei der Gründe, warum es lebensgefährlich werden kann, wenn die Oma aus deinem Glas trinkt!

3. Platz:

2. Platz:

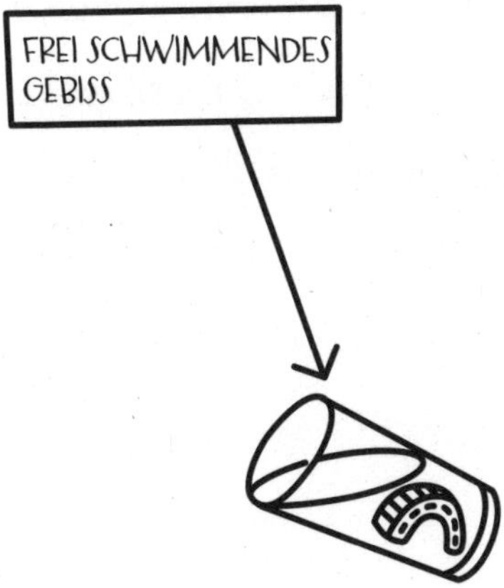

1. Platz:

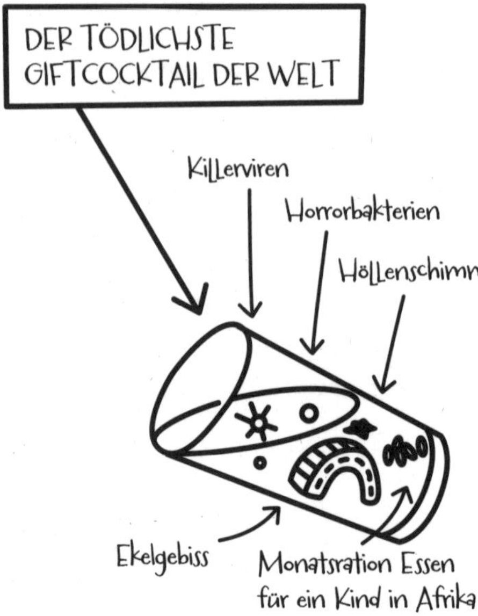

Wenn ich einmal richtig groß bin und zum Arbeiten gehen muss, werde ich eventuell für die Amerikaner oder Chinesen biologische Waffen entwickeln. Die schlimmste davon hab ich hiermit schon gefunden.

Wobei sie wahrscheinlich innerhalb kürzester Zeit auf die Liste der „unmenschlichen Tötungsmittel" kommen würde. Vielleicht kann ich sie dann noch an irgendwelche Diktatoren in Afrika verkaufen.

Samstag

Heut ist schon der zweite Oktoberfestsamstag. Wenn ich in zwei Jahren 16 bin, will ich auch da hin.

Im Fernsehen schaut das nämlich immer superlustig aus. Ich will das dann genau so wie im Fernsehen machen.

Aber ich wär nicht so ein Weichei, dass ich nach einer Mass schon aufgeben würd.

Schließlich will ich ja ein Super-Oktoberfeststar werden.
Da werd ich mit einer Mass ja nur belächelt.
Ich hätt da schon mehr im Kreuz!

Doch das ist mir nicht genug.
Der Rammelmeyer sagt immer, man darf sich nie mit dem Erreichten zufriedengeben.
Ich will höher hinaus! Viel, viel höher!!!

Dann werd ich endlich dort stehen, wo ich hingehöre.
Nämlich ganz, ganz, ganz weit oben.
Jeder wird mich vergöttern. Ich werd vor nichts Angst haben. Nichts! Gar nichts!

Außer vielleicht:

Sonntag

Normalerweise geh ich nicht in die Kirche. Auch mein Vater geht nie. Nur Mama und Veronika gehen regelmäßig, weil es sich halt so gehört.
Aber weil Fleischer-Oma da ist, muss ich in die Kirche. Und ich muss auch sagen, dass ich immer in die Kirche geh, und nicht, dass ich Kirche eigentlich doof find.
Weil Oma sagt nämlich, dass sich Kirchgehen für einen richtigen Bayern gehört. Ich war aber früher, als ich noch ein Kind war, sogar mal Ministrant. Allerdings haben die mich dann nicht mehr gewollt.

Ich denke, ich hätte eine richtige Bereicherung für die Ministrantengruppe werden können. Und wegen den blöden Oblaten hätten die keinen so riesen Stress machen müssen. Ich hab ja nicht gewusst, dass der Pfarrer die auch so gern isst.

Nichtsdestotrotz haben wir heut alle in die Kirche gehen müssen. So wie wir das ja eigentlich jeden Sonntag machen, gell, Fleischer-Oma.
Sie war dann sehr stolz auf uns, weil wir das immer machen. Und noch stolzer war sie, als sie von Mutter gehört hat, dass wir in die Kirche natürlich immer Dirndl und Lederhose anziehen. Na toll!

Mein Vater war schon ewig lang nicht mehr in der Kirche. Dafür war er aber gestern mit seinen alten Studienfreunden beim Oktoberfest. Er hat heut irgendwie richtig scheiße ausgeschaut!
Er hat auch den ganzen Morgen nix gesagt, sondern nur vor sich hingeschaut. In der Kirche hat er dann am Ende der Predigt seine Sprache wiedergefunden. Gott sei Dank!

Anstatt sich darüber zu freuen, dass mein Vater nicht für immer stumm bleibt, hat meine Mutter einen roten Kopf bekommen und war stinksauer.

Meine Mutter ist ja an sich schon unchilLig, aber wenn Oma da ist, wird's noch schlimmer!

Sie hat meinen Vater dann sofort rausgeschickt. Ich hab mitgehen müssen als Begleitung.

Somit konnte ich die Aufenthaltszeit in der Kirche ja noch recht erträglich gestalten. Und mein Vater hat den ganzen Tag nichts mehr gesagt. Ich denk, aus Protest! Auch nicht, als Fleischer-Oma am Abend wieder abgereist ist.

Montag

Ich bin heut aufgestanden und hab sofort gewusst:
Heut ist der Tag!

Da war ich mir ganz sicher. Der Tag, an dem ich endlich Tipp Nummer 34 ausprobieren musste. Einen meiner genialsten Tipps aus meinem Buch.

Es war Zeit für meinen „Schmier-die-Unterseite-des-Lehrerpults-mit-Kreide-an-Tipp".

Denn viele Lehrer halten sich an ihrem Pult fest. Das machen sie, weil sie unsicher sind. Oder damit sie nicht umfallen. Oder beides zusammen!

Wenn ihre Hände dann weiß sind, schmieren sie sich die Kreide an die Kleidung und ins Gesicht. Keiner von ihnen merkt dann, dass sie weiß werden. Denk ich.

Auf jeden Fall hab ich die ganze Pultunterseite weiß angeschmiert. Dann haben wir Deutsch gehabt.

Aber der Rammelmeyer hat die ganze Stunde nur gelabert und gelabert und ist überhaupt nicht ans Pult hingekommen. Weil Deutschlehrer halt auch immer so viel reden müssen. Dann haben wir Erdkunde gehabt.

Der Fritte ist dann aber gleich mal 6 Minuten und 37 Sekunden zum Kreideholen gegangen.

Dann war er zwar wieder da, aber hat dann gleich wieder wegmüssen, weil er was vergessen hat. Das hat dann ungefähr 9 Minuten und 13 Sekunden gedauert.

Das Blöde war, dass er eine Erdkunde-Ex vergessen hat. Die wollte er jetzt ernsthaft schreiben. Was natürlich wieder Tipp Nummer 71 zwingend erfordert hätte.

Aber Grundregel in meinem Ratgeber ist: Wende niemals zwei theoretisch funktionierende Tipps für den besseren Schultag am gleichen Tag an! Deswegen war ich in der Falle. In der Falle meiner eigenen Regeln! Voll blöd!
Es half nichts, ich musste diese blöde Ex mitschreiben. Obwohl ich ja nichts gelernt hab.

Deswegen hab ich dann eigentlich doch nichts geschrieben. So hab ich wenigstens die ganze Zeit den Fritte beobachten können. Aber der ist nur immer an der Wand gestanden. Also hat mein Plan auch in der zweiten Stunde nicht geklappt. Echt komisch, da sich sonst alle Lehrer immer am Pult festhalten.
Dann hatten wir Englisch bei Frau, ähhh, Mrs. Runzheimer-Schimmel.

Diese Frau ist übrigens der Beweis dafür, dass Namen wirklich etwas über die Person aussagen. Denn die ist genau so, wie ihr Name klingt.

Mrs. Runzheimer-Schimmel hat es also nach nicht einmal fünf Minuten geschafft, das Pult zu umgreifen. Dann hat sie sich eine Strähne aus dem Gesicht gewischt und hat dabei ihre Stirn weiß gemacht.
Da sie aber eh weiß wie ein Zombie aussieht, ist das eigentlich gar nicht besonders aufgefallen!

Dann hat sie ihre Kleidung gerade gezupft und hat dabei das Oberteil weiß gemacht.

Dann hat sich Hansi gemeldet.

Irgendwie hab ich langsam das Gefühl, ich muss noch mal mit dem Hansi reden.

Oder ich haue ihm so richtig ein paar auf seinen doofen Dummschädel.
Aber der Hansi ist ja viel stärker als ich …
Also doch erst mal reden!
Aber vorher muss ich morgen zum Killer-Miller wegen der Sache. Völlig unverständlich. Die Kreide geht ja schließlich überall wieder raus. Und im Gesicht hat sie ausgeschaut wie Schminke.

Trotzdem war es ein unglaublich erfolgreicher Tag, denn wiederum hab ich gesehen: Mein Ratgeber funktioniert! Zumindest theoretisch!

Dienstag

Es hat nichts geholfen. Ich hab heut auf den Todesstreifen müssen.

Es war echt das erste Mal, dass ich den Weg allein gehen hab müssen. Sonst war immer der Hansi dabei.
Und zu zweit fällt das irgendwie gar nicht so schwer.
Na ja, ich sag's mal so: Es gibt schlechte Tage, es gibt

hammerschlechte Tage, es gibt richtig hammerschlechte Tage und es gibt KILLER-SCHLECHTE-TAGE!!!

Und heute war der killer-schlechteste Tag aller Zeiten!

Denn ich musste ohne Begleitung zum Killer-Miller …

… 10 Minuten ALLEIN (!!!) im Killer-Büro …

… Dauerbeschimpfungen …

… vielleicht sogar Schlimmeres …

… schließlich sind wir ja nur zu zweit …

… keiner beobachtet uns …

… keine Zeugen ⟶ Aussage gegen Aussage …

… angesehener Direktor gegen nicht ganz so angesehenen Schüler …

Also, Seppi, mach dich nicht lächerlich! Ich hab dir lediglich hochgeholfen, als du zufällig an meiner Teppichkante hängengeblieben, gestolpert und mit dem Gesicht auf meiner Sammlung antiker Vasen aufgekommen bist. Du hattest dich nämlich so am Boden gewälzt, dass du mein komplettes Regal mit allen literarischen Klassikern von Shakespeare, Goethe und Schiller umgeworfen und gleichzeitig mit dem Kopf meinen historischen Globus vom Schreibtisch gestoßen hast. Ach ja, der Schaden liegt bei knapp 20.000 Euro, das müssen natürlich deine Eltern bezahlen!
Der Killer-Miller hat mich grün und blau geschlagen!
Aufgrund der eindeutigen Beweislage verurteile ich im Namen unseres geliebten Freistaats Bayern Seppi Hinterholzer zu einer Begleichung des gesamten Schadens und wegen Undankbarkeit gegenüber der Hilfsbereitschaft seines Direktors und bösartiger Lüge einfach mal so pauschal zu drei Monaten Jugendhaft. Das wird dir nicht schaden! Richter Beckenstein hat gesprochen.

Ich hab keine Ahnung gehabt, wie ich aus diesem Mist wieder rauskommen könnte, ohne größeren Schaden zu nehmen.

Langsam bin ich zum Killer-Büro gegangen.

Hab die Tür aufgemacht. Hab hineingeschaut.

Überall Stille!

Killer-Miller ist vertieft in ein Buch an seinem Schreibtisch gesessen.

Ich hab gehustet.

Er hat mir mit seinen Höllenaugen tief in meine unschuldigen Kinderaugen geschaut!

Dann ist er aufgesprungen mit seinem Mörderblick.
Ich bin zusammengezuckt.
Oh Gott, HILF MIR!!!! Ich ess nie wieder Oblaten!

Er ist wie irr auf mich zugesprungen.

Er hat bösartig mit der Hand ausgeholt.

Ich hab mich fast auf den Boden fallen lassen!

Oh nein, jetzt passiert es!

Ich sterbe!!!

Und dann erst die Leute auf meiner Beerdigung.

Doch dann …

… dann ist's mal so richtig schräg geworden!

In so einem Moment zeigt's sich, welcher Schüler es richtig drauf hat.

Und ich muss sagen, ich hab's gewaltig richtig drauf. Ich habe sauschnell gecheckt, was da läuft, und zwar Folgendes:

1. Die Runzheimer-Schimmel hat es ihm noch nicht gemeldet.
2. Killer-Miller liebt das Theater.
3. Er wartet grad auf Freiwillige für die Rolle vom Josef.
4. Der liebe Gott hat mich heut echt lieb!!!

Jetzt muss ich Punkt 4 echt noch mal genauer ausführen: Der liebe Gott hat mich heut echt, echt, echt lieb!!! ECHT!!!! ECHT!!!!!!!!!!!!!!!!!!!!!!!!!!

Denn als ich grad voll drin war im Josefssprechen, da ist die Tür aufgegangen und die Runzheimer-Schimmel ist reingekommen. Was nun passiert ist, hab ich wie im Film erlebt! Und in 3D! Und alles irgendwie voll unreal:

Aber die Kreide …
… braucht doch nicht der Josef, sondern die Heiligen Drei Könige!
Seppi hat sich unerhört …
… gut entwickelt! Ja, das denke ich auch! Hätte ich ihm nie zugetraut!
Deshalb werde ich ihn bis zum Krippenspiel unter meinen direktoralen Schutz stellen! Er soll sich komplett auf Josef konzentrieren, ohne Strafen befürchten zu müssen! Es freut mich, dass Sie das auch so befürworten!
Umpf! Wie Sie meinen, Herr Direktor!

Na ja, es gibt Tage, da gewinnt man. Und es gibt Tage, da knackt man den Riesenjackpot. Okay, ich muss jetzt bei dem doofen Krippenspiel mitmachen.

Aber, hallo?!? „Direktoraler Schutz" bis zum Krippenspiel! Vielleicht wird Maria ja eine von den älteren süßen Mädels aus der Neunten oder Zehnten! Was für ein geiles Leben!!!

Mittwoch

Oh Mann, was für eine Kacke!
Mrs. Runzheimer-Schimmel hat mich heute ausgefragt!
Obwohl ich sie voLL freundlich angelächelt habe.

Die blöde Kuh hat mir aber meine Stimmung nicht versaut.
Ein Sechser in Scheinglisch ist nichts gegen meine Zukunft als Theaterstar.
„Scheinglisch" ist übrigens die Mischung aus „Scheiß" und „Englisch".
Das Blöde ist, dass die Mädels aus der Schule noch nicht checken, dass ich der neue Star bin.

Neuntklassmädels:

Achtklassmädels:

Aber bei den Siebtklassmädels, da gibt es natürlich einen riesigen Haken!

Siebtklassmädels:

OKTOBER

Freitag

Ich hab heute Abend sturmfrei. Weil es ist nämlich Weinfest vom D' fidelen Holzhacker e.V. Sturmfrei ist aber blöd, wenn man allein rumhockt. Deswegen hab ich mich mit'm Hansi versöhnen müssen.

Hansi wollte dafür fünf Panini-Bundesligasticker haben. Sogar den Thomas Müller hat er mir abgenommen. Aber dafür sind wir jetzt wieder beste Freunde.

Und ich hab in der Pause noch mit ein paar Fünftklass-hosenscheißern Panini-Bilder zocken müssen.

Beim Panini-Zocken hab ich's echt drauf. Ich weiß nicht warum, aber ich bin da einfach ein Naturtalent.

Hansi ist am Abend zu mir gekommen. Dann haben wir mal so ein paar Stunden Playstation gezockt. Aber nur „Call of Duty". Ich check's echt nicht, warum das erst ab 18 ist. Ich find's ja jetzt schon fast zu chillig.

Na ja, irgendwann ist dann Veronika reingekommen.
Die ist davor in ihrem Zimmer gesessen und hat gelesen.
Freiwillig! Wie kann man nur so verzweifelt sein.
Auf jeden Fall haben wir dann einfach Veronika geärgert,
weil Playstation ja eh schon langweilig war.

Aber das war auch schnell langweilig, weil Veronika so laut geheult hat. Dann haben wir halt einen Horrorfilm angeschaut. War echt auch ziemlich unspektakulär.

Dann sind ich und Hansi ins Schlafzimmer meiner Eltern gegangen. Warum, weiß ich nicht mehr. Aber wenn wir vorher gewusst hätten, was wir dort entdecken, wären wir nie dorthin gegangen.

Seppis Knigge

Heute: Die top drei der Gründe, warum das Schlafzimmer deiner Eltern erst ab 18 betreten werden sollte!

3. Platz: Fund im Nachtkästchen meiner Mutter

2. Platz: Fund im Nachtkästchen meines Vaters

1. Platz: Fund in einem Schuhkarton im Kleiderschrank

Ich bin mir vorgekommen wie in einem Horrorfilm! Grusel! Ekel! Horror! So etwas hätte ich mir in meinen schlimmsten Albträumen nicht vorstellen können.

Ich werde meine Eltern nie wieder normal anschauen können.

Samstag

Der erste Morgen nach dem grausamen Erlebnis.
Meine Ekeleltern sind am Küchentisch gesessen und haben richtig schlecht ausgeschaut.

Und das hat mich echt gefreut. Die haben das schließlich verdient. Bähhh!
Aber in die Augen hab ich ihnen nicht geschaut.

Dann hat Mama Schmusekätzchen lauter langweiliges Zeug von sich gegeben.

Ich glaub, das hat sogar auch den heißen Hüpfer angeödet.

Nur der Obertroll Vroni hat wieder mal seine ganze Schleimspur aufgezogen.

Montag

Ich bin heut Früh in der Aula stecken geblieben. Da sind alle Schüler rumgestanden, weil der Killer-Miller eine Ansprache gehalten hat.

Aber eigentlich ist er für mich jetzt ja nicht mehr der Killer-Miller, sondern der Chiller-Miller. Schacke-Line hat sich neben mich hingestellt. Die war voll aufgebrezelt. Ich hab zuerst nicht kapiert, warum. Aber als Chiller-Miller angefangen hat, war alles klar.

Als Chiller-Miller fertig war, hat er mir beim Hochgehen noch die Probentermine fürs Krippenspiel zugesteckt. Ab Ende Oktober hab ich jeden Dienstagnachmittag Probe.

Probenplan für das Krippenspiel

Blablablablablabkablablablablablablablablablabla
Blablablablablabkablablablablablablablablablablabla
BlablablablEinzelprobe Josef mit Mariablablabla
Blablablablablabkablablablablablablablablablablablab
Blablablablablabkablablablablablablablablablablabla
Blablablablablabkablablablablablablablablablablabla
BlablablablablablablaEinzelprobe Josef mit Mariabla
BlablablablaEinzelprobe Josef mit Mariaablablabla
Blablablablablabkablablablablablablablablablablabla
Blablablablablabkablablablablablablablablablablabla
Einzelprobe Josef mit Marialablablablablablablabla
Blablablablablabkablablablablablablablablablablaa

Dazwischen immer wieder Einzelproben mit Maria. Des lass ich mir eingehen!!!

Ich bin schon gespannt, welche Süße aus der Achten mit mir spielt. Oder doch aus der Neunten?

Weil ich jetzt unglaublich gut drauf war und wir den Rammelmeyer hatten, wurde es Zeit für Tipp 76. Der war mal wirklich gigantisch gut.

Es war Zeit für meinen „Jeder-Deutschlehrer-hört sich-unglaublich-gern-reden-Tipp".
Das Prinzip ist eigentlich ganz simpel. Man muss sich zunächst einfach mal dauernd melden.

Und wenn der Rammelmeyer einen aufruft, dann muss man eine geniale Frage stellen.

Denn der Rammelmeyer antwortet immer lang auf geniale Fragen.

Das Geniale einer Frage zeigt sich daran, wie lang sie den Rammelmeyer vom Langweilunterricht abhalten kann. Und das schafft man eigentlich mit Fragen zu seinen Urlauben oder zu seinen Hobbys.

Meine Frage war da wirklich genial. Man muss nur bei diesen höllischen Zwischenfragen aufpassen …

… dass nicht irgendein Volldepp drankommt.

Wiederum hat sich also gezeigt: Mein Tipp-Buch ist der theoretische Hammer!

Wenn net lauter Volldeppen um mich rum wären!

Dienstag

Heut hat's endlich mal wieder ein Derby zwischen Bayern und 1860 gegeben.

Weil die spielen im Pokal gegeneinander. Mein Vater hat erzählt, dass es so Derbys früher öfter gegeben hat. Da müssen die 60er echt in der Bundesliga gewesen sein. Ich kann mir das aber gar nicht vorstellen, weil …

… erstens die 60er sich nicht mal die Miete für die Allianz Arena leisten können.

… zweitens 60er-Fans echt a bissl komisch sind.

... drittens es keinen vernünftigen Grund gibt, 60er-Fan zu werden.

... viertens die 60er ihr Geld am liebsten von einem Araber nehmen.

... fünftens die 60er und ihre Fans einfach in die Zweite Liga passen!

Aber ich glaub das meinem Vater schon. Schließlich ist der nämlich 60er-Fan. Und da muss er das ja eigentlich wissen. Wenn er auch sonst offensichtlich keine Ahnung vom Fußball hat. Sonst wär er ja kein 60er.

Hansi hat auch zum Schauen kommen dürfen.

Vor Beginn:

Nach kurzer Zeit war es schon klar, wie der Abend ausgehen würde. Für mich und Hansi also ein langweiliger Verlauf.

Mein Vater konnte nur noch sinnlose Sprüche klopfen.

Kurz nach dem Anpfiff:

Doch dann das Unglaubliche ...

32. Minute:

So hat es also doch noch ein lustiger Abend werden können.

37. Minute:

Steht auf, wenn ihr Bayern seid!
In Bayern gibt's nur ein' Verein: 1860! … Zieht den Bayern die Lederhosen aus!
Auf der Isar schwimmt ein Fuß-ball, und der Fußball schwimmt ins Meer! Und der Fußball, der geht unter, und die 60er hinterher!
LOEWE.
Die Bayern scheinen gereizt und schalten nun vom ersten in den dritten Gang hoch!

Halbzeitpause:

46. Minute:

47. Minute:

48. Minute:

51. Minute:

68. Minute:

Abpfiff:

Mia san Sieger der Herzen! Das is nämlich viel besser! Wir hatten euch am Rand der Niederlage!
Mia san mia!
Mei, san mia guad!
LOEWE.
Dreizehn zu eins prügelt Bayern die 60er aus der ALLianz Arena. Da wird es viele glückliche Bayern-Fans und deprimierte 60er-Anhänger heute an den Bildschirmen geben! Thomas MüLLer ist mit seinen elf Treffern Mann des Spiels. Beachtlich, dass er diese elf Tore mit sieben unterschiedlichen Körperteilen schoss!

Mittwoch

Leck, war ich heut gut drauf. Und Hansi auch! Die 60er ordentlich aus der Allianz Arena geschossen! Saugut geschlafen. Wenn jetzt nur nicht der Fritte in der ersten Stunde kommen würde. Aber ich wollt schon lang mal einen neuen Tipp ausprobieren.

Allerdings muss ich zugeben, dass der eigentlich nicht von mir, sondern von meinem Onkel Egon ist. Ich hab ihn trotzdem in mein zukünftiges Buch aufgenommen:

Hansi hat mir bei der Ausführung des „Lass-den-Lehrer-mit-der-Tür-ins-Klassenzimmer-fallen-Tipp", Tipp Nummer 52, geholfen. Zur Vorbereitung muss man die Klassenzimmertür aus der Halterung heben.

Dann stellt man die Tür so nah wie's geht an den Türrahmen.
Dann fällt es nämlich von außen nicht sofort so auf, dass die Tür ausgehängt ist.

Die nächste Stufe ist sauwichtig: das freundliche Gespräch mit den Klassenkameraden.

Die Größe vom Hansi ist dabei nicht gerade von Nachteil. Dann ist alles vorbereitet für den großen Auftritt, oder besser, für den großen Reinfall vom Fritte.

Wichtig ist, sich vorher noch einen passenden Spruch zu überlegen.

Ich lieb des einfach, wenn ein Tipp funktioniert.

Auch wenn's der vom Onkel Egon war!

Und Herr Fritte ist mal wirklich das ideale Opfer!

Der ist echt ein richtiger Nullchecker! Es ist schon fast zu einfach, ihn reinzulegen. Aber trotzdem macht's halt Spaß!

Schacke-Line hat uns wieder mal in die Kacke gerissen.

Nichtsdestotrotz ist wieder mal klar geworden, wie genial meine Tipps sind.

Auch wenn wir zum Chiller-Miller müssen. Aber ich und er, wir sind ja praktisch Kumpels! Und ein Kumpel macht dem anderen Kumpel nie Probleme. Das wär nämlich ziemlich uncool!

Freitag

Es war mal wieder Zeit für den Gang zum ChiLLer-MiLLer.

Gestern hatte er keine Zeit. Aber da bin ich nicht so. Auch wenn es natürlich unhöflich ist, den Hauptdarsteller hinzuhalten.

Und zum ersten Mal hatte ich auch Spaß dabei, den Gang zu gehen.

Mit sauguter Laune bin ich zum Chiller reinmarschiert. Nur der Hansi war so ein Schisser. Echt peinlich. Schließlich gilt doch dieser direktorale Schutz sicher auch beim Direktor selber. Oder?

Uppps! Da hatte wohl jemand schlechte Laune. Ich hab schnell reagieren müssen.

Weil Hansi war vor lauter Angst immer noch nicht fähig zu reden.

Ganz ehrlich: Ich bin doch einfach genial! Keiner hat's so drauf wie ich!

Denn Ablenkung ist halt immer die beste Taktik!

Und der Miller ist tatsächlich drauf reingefallen.

Da sind wir aber noch mal mit einem blauen Auge davongekommen.

Kaum waren wir aus der Tür draußen, war der Hansi schon wieder unglaublich unentspannt.

Donnerstag

Mann, Mann, Mann.

Kaum hat man mal ein paar Wochen seine Ruh, dann steht die Fleischer-Oma schon wieder vor der Tür.

Und jedes Mal das Gleiche!

Oma hat sich dieses Mal offenbar vorgenommen, meine Unterernährung zu stoppen.

Auch mein Vater war wie immer begeistert.

Mama hat ihn vorher extra gebeten, nett zur Fleischer-Oma zu sein.

Und er hat sich auch wirklich bemüht!

Was in seiner Situation schon echt eine große Leistung ist. Schließlich kann man das von Fleischer-Oma nicht behaupten.

Die Fleischer-Oma ist natürlich nicht einfach so gekommen, sondern wegen der Kirchweih. Die ist nämlich am Sonntag.

Aber Oma sagt dazu immer „Kirta". Keine Ahnung, warum!

Ich glaub, das werden ganz lange Tage, bis die Fleischer-Oma endlich wieder fährt! Oder bis mein Vater sie überfährt!

Freitag

Kaum als ich aus der Schule daheim war, haben ich und Veronika mit unserer Oma zu unserem Nachbarn gehen müssen.

Der ist nämlich Bauer.

Beziehungsweise ist er eigentlich BIO-Bauer, weil das irgendwie cooler ist, als nur Bauer zu sein.

Meine Mutter hat mir das mal so erklärt:

Auf jeden FaLL sind wir zu unserm Nachbarn gegangen, der hat früher Hausnerbauer-Lenz geheißen.

Jetzt steht aber ein Schild vor seiner Tür, da steht drauf, dass er „Bioagrarökonom Lorenz Hausner" heißt. Keine Ahnung, welcher Name jetzt stimmt. Ich sag einfach immer DU zu ihm.

Und dann hat er uns zum Gänsegehege gebracht.
Da haben wir dann reingehen und uns alle Vögel genau anschauen dürfen.
Da waren bestimmt 100 Gänse drin.

Damit war die Entscheidung auch gefallen!

Ist ja eigentlich auch nachvollziehbar:
Wenn man sich schon selber die Gans raussuchen darf, die man am Sonntag isst, dann nimmt man natürlich die süßeste!

Schließlich muss man dann diesen treuherzigen, liebevollen Tierblick nicht mehr die ganze Zeit anschauen!

Nur meine Schwester hat's wieder mal nicht gecheckt!

In solchen Augenblicken merkt man halt ganz besonders Omas reiche Lebenserfahrung als Fleischereifachverkäuferin. Das süße Kirchweihganserl Edeltraud hat dann mit uns nach Hause gedurft.

Mama hat sie auch noch anschauen dürfen und hat sich sofort in sie verliebt.

Mein Vater hat in der Zwischenzeit von Oma einen anderen Auftrag bekommen.

Ja, und dann hat die Oma das frisch geschliffene Beil genommen.

Mama hat Edeltraud dann halten müssen.
Wir waren im Spalier daneben gestanden.
Und dann ist's auch schon losgegangen.

Und bis wir geschaut haben, war's passiert!

Da kann man sagen, was man will, aber meine Fleischer-Oma hat's einfach drauf!

Samstag

Auf der nach oben offenen Fleischer-Oma-Peinlichkeitsskala hat dieser Tag heut echt einen Höhepunkt dargestellt.

Selbst für die Fleischer-Oma!

Die Fleischer-Oma hat nämlich Auszogne gemacht, wie's sich halt zur Kirchweih gehört. Glücklicherweise hat sie das Fritteusenschmalz dafür gleich selber mitgebracht!

Während altes Schmalz im Topf zerläuft, bringt's übrigens einen fantastischen Duft in sämtliche Zimmer unseres Hauses.
Dabei riecht man sofort die Metzgersnote, die in dem Schmalz mit drinsteckt! Mmmhhh, lecker!
Und wenn 's Schmalz heiß ist, kann's richtig losgehen!

Und wenn man denkt, schlimmer geht's nimmer, dann hat die Fleischer-Oma immer noch einen zum Draufsetzen!

Aber lecker und lebensgefährlich kann teilweise wirklich eng zusammenliegen!

Schließlich hat das Knie meiner Fleischer-Oma wirklich mehr zu bieten als breite Knochen und Knorpel. Und meine Oma nutzt beim Backen aLLe ihre Möglichkeiten aus!

Seppis Knigge

Heute: Die top drei der Gründe, warum es lebensgefährlich werden kann, wenn deine Oma Auszogne macht!

3. Platz:

Knusprige Überreste
vom letzten Pommes-
und Schnitzelfrittieren

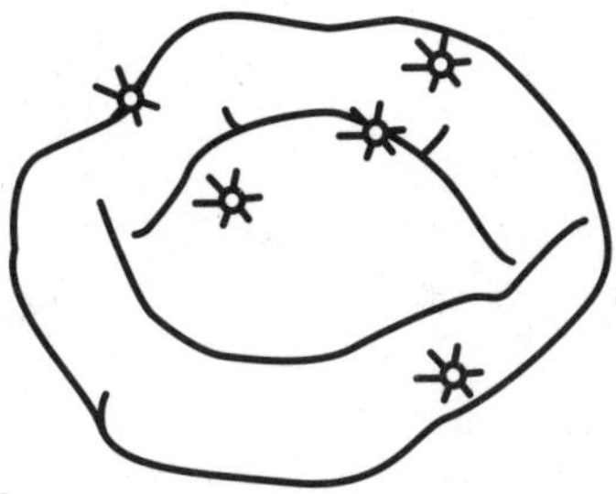

2. Platz:

Knusprige Überreste
von Omas großflächig
vorhandener Kniebehaarung

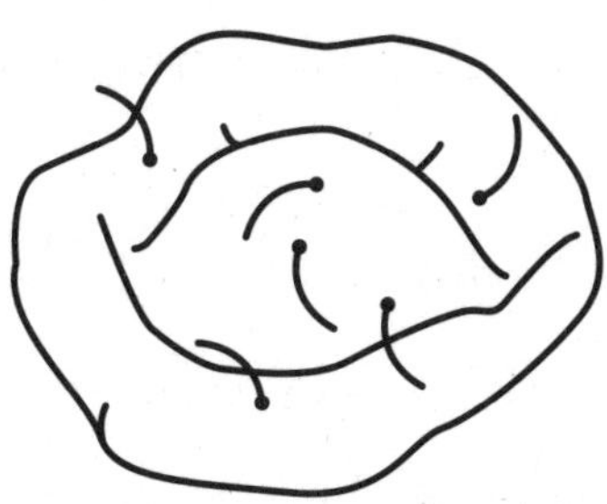

1. Platz:

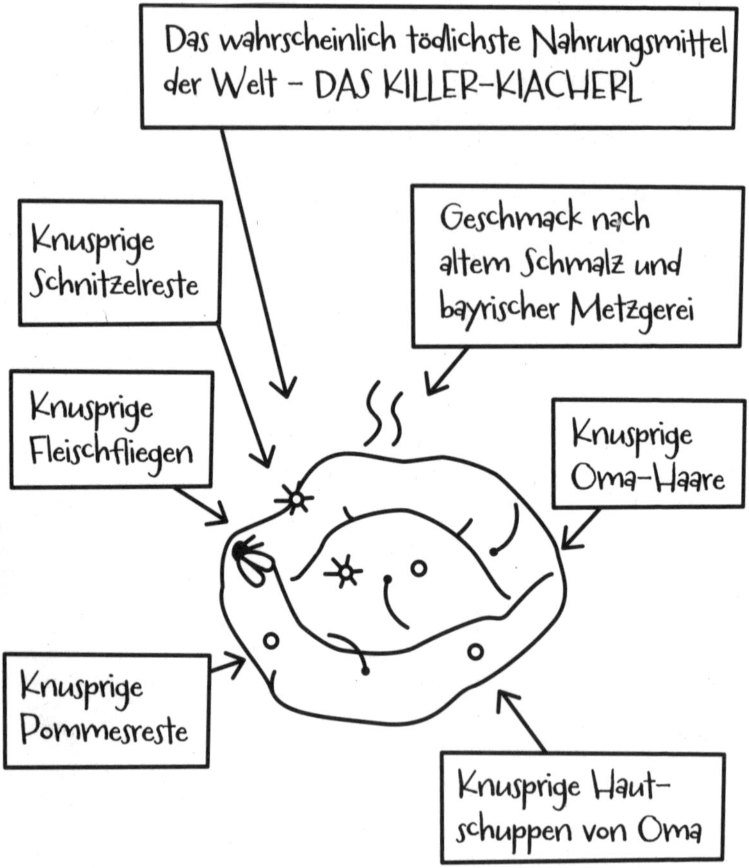

Am besten wirkt dieses Tötungsmittel übrigens mit viel Puderzucker obendrauf.

Der Vorteil an einer dicken Schicht Puderzucker ist, dass man nicht mehr sieht, was alles drunter ist, und dass alles einfach nur noch süß schmeckt!

Sonntag

Da ja die Fleischer-Oma da ist, haben wir heute wieder in die Kirche gemusst. Aber eigentlich machen wir das ja eh jeden Sonntag, gell, Fleischer-Oma!!!
Zur Kirchweih gehen viel mehr Leute in die Kirche als normal. Da ist die Kirche schon fast halb voll und nicht wie sonst drei viertelt leer.

Mein Vater war heute auch viel motivierter als beim letzten Mal in der Kirche.

Der Pfarrer ist echt genial. Der nimmt, glaub ich, immer die gleiche Predigt und fügt da nur ein paar Sachen ein, die zum Tag passen.
Am witzigsten find ich das eigentlich immer, wenn er was aus der Bibel erzählt. Die Tricks von Jesus fand ich schon immer sensationell.
Also ich mein', wer schafft schon, aus Wasser 500 Liter Wein zu machen. Und das ohne eine einzige Weintraube.
Und vor allem, wer kann schon 500 Liter Wein trinken?

Das schafft nicht mal der „D' fidelen Holzhacker e.V."-Verein, obwohl die bei ihrem Weinfest ja auch bechern wie wild.

Na ja, und die Geschichte mit dem Barfuß-übers-Wasser-Laufen ist schon auch genial. Welcher normale Mensch schafft das schon?!?

Als ich zwölf war, wollte ich auch wie Jesus im Tempel mit irgendwelchen alten Menschen reden. Da bin ich dann sogar einfach mal alleine in die Kirche gegangen und hab auf die Alten gewartet. Kurz vor dem Gottesdienst sind die dann gekommen. Die konnten aber dann nicht mit mir reden, weil sie ihr Hörgerät zu Hause liegen hatten lassen.

Ganz schön blöd, mit solchen Problemen hat sich Jesus wohl nicht rumärgern müssen, weil's ja damals gar keine Hörgeräte gab. Glaub ich.

Aber der Pfarrer hat heut leider keine Bibelgeschichte auf Lager gehabt, sondern nur irgendwas von Festschmaus und so.

Mei, was für a schöne Predigt! Das kann er, unser Herr Pfarrer!
Amen.
Oiso, i denk beim Mittagsmahl heut eher an ein Beil, spritzendes Blut und meine Metzel-Oma!
Und ich könnt daheimsitzen und Bild am Sonntag lesen!
... Darum sage ich euch, denkt bei eurem Mittagsmahl heute auch an die armen Hungernden in aller Welt. Amen.

Ich hab tatsächlich die ganze Kirche drin sitzen bleiben müssen. Aber als wir heimgekommen sind, gab's dann wenigstens gleich Essen. Weil der Braten war schon seit der Früh im Ofen. Und ich hab Hunger ohne Ende gehabt.

Trotzdem hab ich dann aber doch nicht so viel essen können. Ich war irgendwie so in Gedanken. Der Veronika ist's wohl ähnlich gegangen.

Meine Metzel-Oma war da etwas cooler.

Nach dem mehr oder weniger erfolgreichen Mittagessen sind wir gemeinsam zum Kirchweihfest gegangen. Natürlich in Tracht. Denn Tracht gehört sich für einen so besonderen Anlass! Und natürlich für so eine bayrische Familie!

Da waren dann auch schon ein paar Deppen auf der Bühne. Die haben auf ihre eigenen Oberschenkel und Fußsohlen geschlagen. Und als die ihnen dann zu weh getan haben, haben sie einfach den anderen Deppen daneben Watschen gegeben.

Das nennt man Schuhplattln.
Warum es allerdings einen Tanz gibt, bei dem man sich lauter Watschen ins Gesicht klatscht, versteht wahrscheinlich kein Mensch, oder?
Die Fleischer-Oma hat dann auch darauf bestanden, dass ich mich auf die saublöde Kirtahutschn draufhock. Kirtahutschn, das ist übrigens so ein unbequemer Balken an zwei Seilen mit einem Haufen doofer Kinder drauf! Alle anderen, die da draufgesessen sind, waren im Kindergarten.

Bescheuerte Tradition!

Ich hab grad wieder runtersteigen wollen, als das Schrecklichste passiert ist, was man sich nur vorstellen kann.

Und das Schrecklichste hat einen Namen: Schacke-Line! Schacke-Line ist an der Hutsche vorbeigelaufen. Jetzt hab ich mir grad wirklich das Killer-Kiacherl herbeigewünscht.

Leichter nämlich ein schneller Tod durch Omas Auszogne als die Gefahr des privaten Kontakts mit Schacke-Line.

Doch je mehr man Schacke-Line ignoriert, desto näher kommt sie. Und desto mehr versucht sie, Kontakt mit einem aufzunehmen.

Aber irgendwann klappt das mit dem Ignorieren nicht mehr.
Weil Schacke-Line kommt nämlich einfach immer näher und näher.
Und natürlich kommt's dann noch viel blöder.

Wieso kommt dieser dumme Hansi genau jetzt vorbei?!? Er hat dann auch nicht mal auf mich gewartet, sondern ist lachend davongelaufen. Der Sack!

Weil die Fleischer-Oma so neugierig ist, hat sie sofort Schacke-Line von der Hutsche runtergeholt und ausgefragt. Ich hab also endlich auch runtergedurft von der Babyschaukel.

Ich glaub, Schacke-Line hat ein bisschen Probleme gehabt, das Bairisch von meiner Oma zu verstehen. Meine Oma redet nämlich noch viel urbairischer als alle anderen, die ich kenn.

Aber dafür hat meine Oma sofort gecheckt, was bei Schacke-Line alles falsch läuft!

Und die Fleischer-Oma gibt normalerweise allen Leuten zunächst mal eine Chance. Mit Fertigmachen und Beschimpfen fängt sie eigentlich erst immer an, wenn sie einen besser kennt. So wie beim Papa halt.

Aber bei Schacke-Line hat sie echt mal eine Ausnahme gemacht! Die konnte sie von Anfang an nicht ausstehen!

Donnerstag

Donnerstage sind eigentlich die besten Tage der Schulwoche. Weil da haben wir Nachmittagsunterricht. Was ja eigentlich nicht so toll ist. Aber es gibt drei Hammergründe, warum der Nachmittag echt genial ist.

1. Grund: Sport beim Hitzl

An sich mag ich Sport saugern, solang man dort Fußball spielt. Oder Hockey, das ist auch okay, weil man da mit dem Schläger echt coole Sachen machen kann. Und der Hitzl hat es echt gecheckt, was richtiger Sport ist.

Man merkt dem Hitzl einfach an, dass er auf der Wellenlänge der heutigen Schüler ist. Und dass er es nicht mehr nötig hat, auf irgendwelche blöden Gedanken zu kommen!

Wir hatten aber mal so einen jungen Lehrer, der hat's gar nicht gecheckt! Der hat gar keinen richtigen Sport mit uns gemacht. Bei dem haben wir so langweilige Mädchensachen machen müssen!

<u>Mädchensache 1:</u>

Mädchensache 2:

Mädchensache 3:

Na ja, da merkt man halt, dass der Hitzl schon viel mehr Lehrererfahrung hat.

Auch beim Hockey ist er echt gechillt.

2. Grund: Luigi

Luigi hat bis vor zwei Jahren eine Pizzeria neben der Schule gehabt.

Die ist aber nicht mehr gut gelaufen, weil seine Pizzas echt ungenießbar waren. Und das muss man erst mal schaffen, weil Pizzamachen ja eigentlich jeder Depp kann. Und deshalb hat er seine Pizzeria zugemacht und hat was Neues ausprobiert.

Seitdem ist er unser Döner-Italiener. Und seitdem ist Luigis Laden auch gerammelt voLL.

Denn Döner ist einfach geil! Aber Luigi wiLL eigentlich gar nicht gern so viel arbeiten. Aber, na ja …!

Als Luigi seinen Dönerladen aufgemacht hat, da hat er am Anfang ziemlich verrückte Sachen ausprobiert! Er hat da versucht, eine italienische Dönerkarte zu entwerfen.

Hat er dann aber ziemlich schnell wieder sein lassen, weil wir alle ja eh nur einen richtigen Döner wollen.

Na ja, fast alle zumindest.

3. Grund: Musik

Ja, MUSIK!!! Mein Lieblingsfach!

Okay, eigentlich war Musik früher immer richtig ätzend.

Aber jetzt nimmer.

Ich finde Singen saucool.

Ich finde Notenschreiben saucool.

Ich finde Triangelspielen saucool.

Weil wir nämlich Frau Weidner haben. Die ist heuer erst neu gekommen.

Und die kann das richtig gut erklären.

Ich und Hansi haben schon ausgemacht, wer die Frau Weidner einmal kriegt.
Denn ich bin der Meinung, wegen einer Frau sollte die Freundschaft zwischen Männern niemals gefährdet werden. Und der Hansi denkt da genau so wie ich!

Na ja, wir müssen da wohl noch mal drüber reden.

Dienstag

Ich hab's die letzten Tage schon fast nicht mehr erwarten können. Heute hatten wir die erste Leseprobe fürs Krippenspiel beim Chiller-Miller.

In den Pausen am Vormittag hab ich mir noch mal die Mädels aus der Neunten und Zehnten angeschaut.

Meine Laune war genial. Nichts hat mich heute aufhalten können.

Von draußen haben wir schon gehört, wie die Schüler drin diskutiert haben, wer der Josef wird.

Das sollte jetzt mein großer Auftritt werden.

Ich wollte langsam die Tür öffnen und den Augenblick genießen, wenn alle bewundernd auf mich schauen.

Ich hab das jetzt echt ausgekostet. Lauter hammermäßige Mittelstuflerinnen, die nur auf mich warten.

Hansi war grad aber echt ein bisschen peinlich. Der hat richtig scheiße ausgeschaut.

Ich hab bloß gehofft, dass er mir nicht meinen großen Auftritt verbockt.

Ich hab mir noch schnell einen Spruch überlegt. Denn der erste Spruch ist das Wichtigste bei so was.

HALLO?!? Da waren lauter Babys drin!

Okay, mein Spruch war net der Brüller, aber das!!! Nur Fünftklassler! Vielleicht ein paar aus der Sechsten. Aber alles voll die HOSENSCHEISSER!

Für kurze Zeit hab ich doch tatsächlich vergessen, dass ich mich auf die Maria eigentlich so gefreut hab.

Na toll, jetzt ist Maria so ein hässliches Zahnspangenmonster aus der Fünften. Ich krieg 's Kotzen!

Und der Hansi – der Hansi ist ein Volldepp!!!

Okay, was soll's! Hauptsach der Chiller-Miller ist glücklich. Dann spiel ich halt meine Rolle runter. So schlimm wird's schon nicht werden.

Genau in dem Augenblick ist die Tür wieder aufgegangen und der Chiller-Miller ist reingekommen.

Der Chiller-Miller hätt's ja auch noch spannender machen können.

Langsam hat er die Tür zum Gang aufgemacht. Alle haben wir gebannt zur Tür rausgeschaut! Und dann ist es passiert!

So lass ich mir Schauspielen eingehen!

Sofie Brandstetter! Die schönste Neuntklässlerin der Schule! Wie hab ich nur so viel Glück verdient?

Bis dahin war's also ein echt perfekter Nachmittag! Jetzt hat mir nichts mehr passieren können. Die nächsten paar Wochen würde ich mit der tollsten Neuntklässlerin von allen proben! Doch dann ...

Mann, Mann, Mann! Na ja, wär zu schön gewesen!
Dann halt doch so ein Fünftklass-Zahnspangenmonster!
So ein Werbemodell für Kinderzahnpasta oder für Zwieback mit Mondgesicht und Kulleraugen!
Das zu Hause mit Barbies spielt und Hanni und Nanni als ihre Lieblingsbücher angibt!

Die Spannung war nicht mehr auszuhalten! So ein Idiot! Sag's endlich, Miller!

Aber man hat richtig gesehen, wie es dem Killer-Miller Spaß macht, uns mit der Ungewissheit zu quälen!

Wie hat Killer-Miller mir das nur antun können?!?

Schacke-Line?

Wochenlanges Proben mit Schacke-Line!!!

Und Hansi, der Penner, grinst mich seitdem nur noch blöd von der Seite an!

Mittwoch

Leck, heut war ich richtig schlecht gelaunt. Die Killer-Kiacherl waren leider aus, aber wenigstens das Hansi-Erwürgen hab ich mir schon ernsthaft überlegt.

Blöd ist halt, dass der Depp so stark ist.

Also ist mir nichts anderes übrig geblieben, als Tipp 16 aus meinem Ratgeber „101 Tipps für einen besseren Schultag" auszuprobieren. Der lautet „Such-dir-statt-dem-zu-starken-Kerl-lieber-ein-kleineres-peinliches-Opfer-Tipp".

Dieser Tipp ist echt einer, der besonders sinnvoll ist. Und da der Hansi nun mal so stark ist, brauch ich irgendeinen anderen Deppen zum Wutrauslassen.

Und wer würde besser für diesen Tipp passen als Merlin. Der wäre einer der Toptrümpfe bei jedem Deppen-Quartett!

Als der Merlin heut vor der ersten Stunde in die Klasse gekommen ist, hab ich ihn mir gleich mal gepackt.

Da ich mich ja jetzt nicht am Hansi rächen musste, konnte der mir ja dabei helfen.

Aber ich war echt fair zum Merlin.
Er hätte aus der Sache ohne Schaden rauskommen können.

Aber leider hatte der Merlin einfach kein Glück beim Spielen.

Na ja, und so hat er halt klar verloren. Und dann hab ich Tipp 16 also ausgeführt.

Ich hab Merlins sauber sortierten Schulranzen genommen und bin ans Fenster gegangen.
Etwa 20 Meter vom Schulhaus entfernt fließt nämlich irgend so ein Bach.

Und als der Hansi dann sämtliches Wettgeld eingesammelt hatte, hab ich den Ranzen geworfen. Er ist echt saugut geflogen, aber...

Klar, ich wollt eigentlich bis zum Wasser kommen, aber so ist's auch okay. Der Merlin ist heulend zum Schulranzenholen gelaufen.

Mein Wurf war an sich net schlecht. Und vor allem ist's mir jetzt echt wieder besser gegangen. Tipp 16 war also ein voller Bringer!

Eigentlich ...!

Denn dieser dumme Merlin hat beim Schulranzenholen so getrödelt, dass der Rammelmeyer vorher gekommen ist.

Das Gute am Rammelmeyer ist aber, dass er wegen so was keinen zum Killer-Miller schickt.
Das Schlechte ist allerdings, dass er stattdessen selber dazwischenhaut.

Es wird jetzt echt Zeit, dass ich meinen Ratgeber endlich als Buch rausbringe.
Auch der Tipp wär nämlich voll der Wahnsinn! Wenn diese doofe Schacke-Line net wär!

NOVEMBER

Montag

November. Herbstferien. Dichter Nebel. Nass und kalt.

Immer duster.

Gibt es denn etwas Genialeres?!?

Endlich den ganzen Tag vorm Fernseher sitzen und geile Ballerspiele spielen!

Ich und Hansi haben die Ferien jetzt echt gebraucht zum Chillen. Weil die Schule war in den letzten Wochen voll heftig.

Aber das Nervige ist, dass meine Mutter da mal so überhaupt kein Verständnis dafür hat. Ich und Hansi haben gerade mal von Freitagnachmittag bis Montagmittag ein bisschen spielen können, und dann stört sie uns schon wieder.

Allerheiligen?!? Aber doch nicht wenn man stattdessen „Grand Theft Auto" und „Call of Duty" spielen kann. Oder?!?

Mann, Mann, Mann! Außerdem stehen da eh nur alle dumm an den Gräbern rum und warten, bis der Pfarrer mit dem Weihwasser vorbeikommt.

Und außerdem kenn ich die Leute ja alle gar nicht, die auf dem Grabstein von uns stehen.

Das Blöde ist ja, wenn man vorher schon weiß, wie's wird. Und dann wird's genau so, wie man es sich vorher schon gedacht hat!

Na ja …
Und nachher gibt's dann immer noch großes Familienkaffeetrinken. Da macht die Fleischer-Oma aus Tradition immer ihre Schwarzwälder Kirschtorte.
Die macht sie aber immer schon einen Tag vorher, damit sie im Kühlschrank so richtig gut durchziehen kann.

Seppis Knigge

Heute: Die top drei der Gründe, warum es lebensgefährlich ist, eine Schwarzwälder Kirschtorte zu essen, die eine Nacht in Omas Kühlschrank durchgezogen ist!

3. Platz:

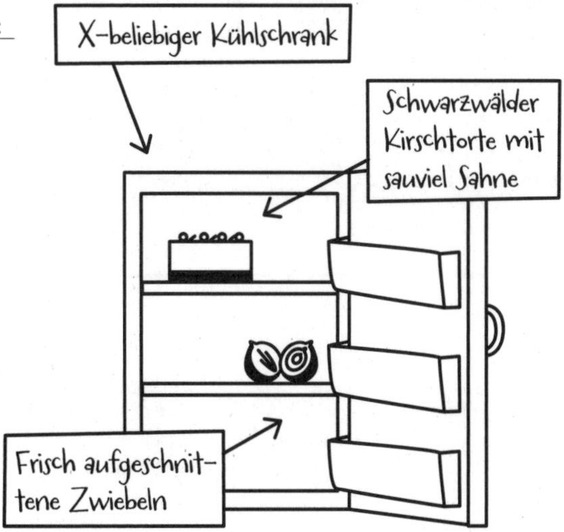

2. Platz:

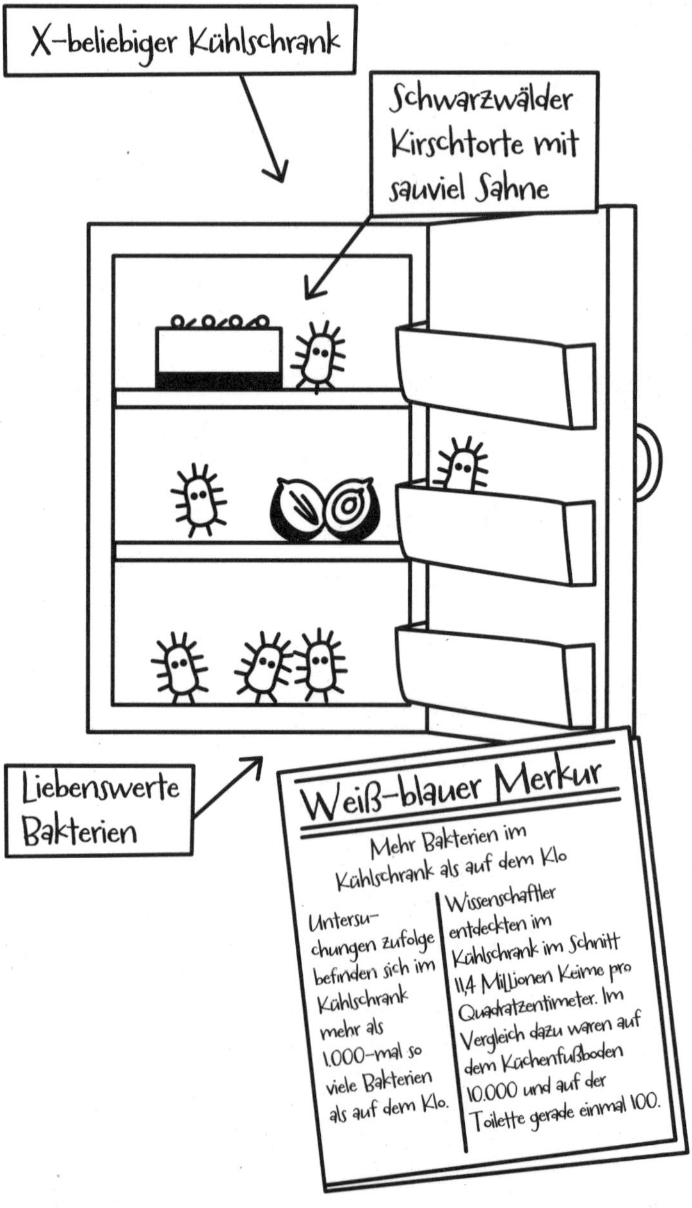
X-beliebiger Kühlschrank
Schwarzwälder Kirschtorte mit sauviel Sahne
Liebenswerte Bakterien
Weiß-blauer Merkur
Mehr Bakterien im Kühlschrank als auf dem Klo
Untersuchungen zufolge befinden sich im Kühlschrank mehr als 1.000-mal so viele Bakterien als auf dem Klo.
Wissenschaftler entdeckten im Kühlschrank im Schnitt 11,4 Millionen Keime pro Quadratzentimeter. Im Vergleich dazu waren auf dem Küchenfußboden 10.000 und auf der Toilette gerade einmal 100.

1. Platz: Die lebensgefährlichste Sahnetorte der Welt!

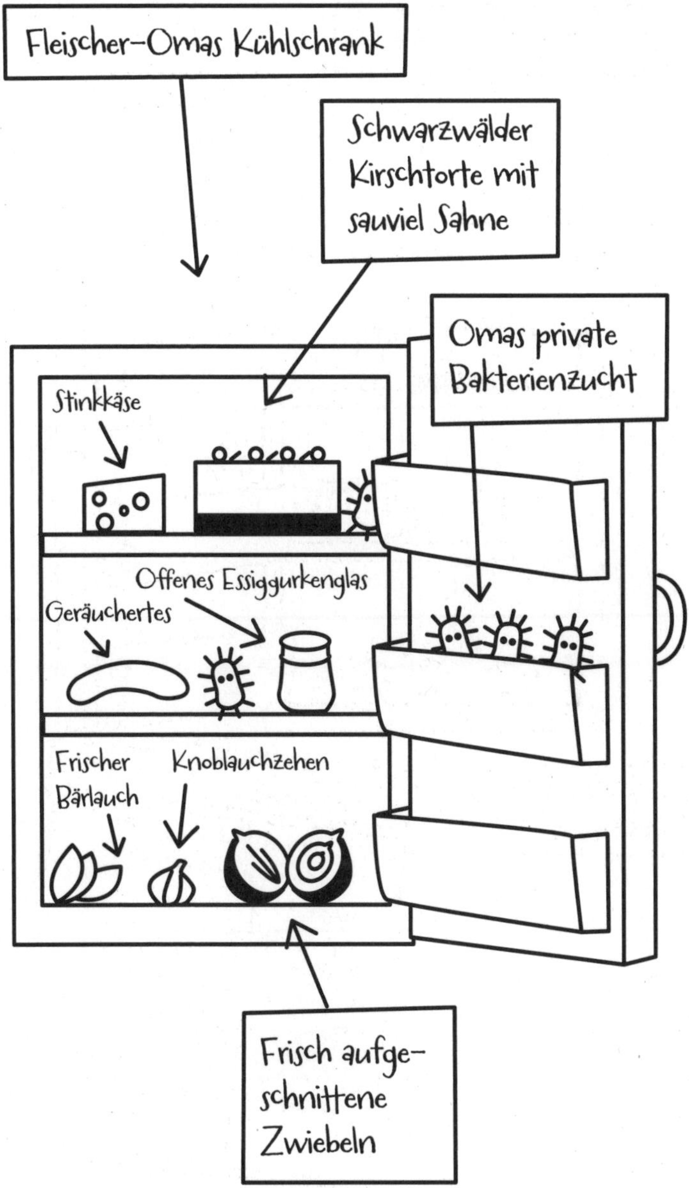

Das Sinnvolle an einer Schwarzwälder Kirschtorte ist, dass sie eigentlich zu 96 Prozent aus Sahne besteht.

Und Sahne nimmt den guten Geschmack aus Omas Kühlschrank noch viel besser an!

Ach ja, und außerdem lieben alle Menschen unter 30 Sahnetorten wie die Sau. Mmmmh, lecker, Oma!

Dienstag

Die Ferien sind viel zu schnell rumgegangen. Heut war dann auch schon die erste richtige Krippenspielprobe. Aufführungstermin steht auch schon fest. Freitag vor dem 1. Advent.

Ist eigentlich ganz schön wenig Zeit jetzt. Aber der Killer-Miller sagt, man kann nur unter Druck richtig gut arbeiten. Ich weiß nicht, ob das stimmt, aber der Killer-Miller glaubt sich das auf jeden Fall!
Außerdem müssen wir das so früh aufführen, weil wir ja am Heiligen Abend keine Schule haben.
Und weil der Killer-Miller halt will, dass vor Weihnachten viele Leute seine tolle Schule besuchen. Und weil er denkt, dass im Dezember viel zu viel anderes Zeug los ist.

Ich hab mich aber richtig auf die erste Probe vorbereitet. Dabei geholfen hat mir Tipp 89 aus meinem Ratgeber „101 Tipps für einen besseren Schultag". Das ist der „So-hältst-du-die-nervige-Mitspielerin-bei-einer-Theaterprobe-auf-Abstand-Tipp".

Dieser Tipp ist echt einer meiner genialsten. Und voll durchdacht! Zusätzlich hat man auch noch selber was davon!

Aber eigentlich war's dann beim Proben gar net so schlimm!
Nein, eigentlich war es sogar richtig chillig! Und auch ein bisschen witzig zum Anschauen.

Denn der Miller hat sich heute ziemlich auf die Nebenrollen konzentriert. Er hat Hansis Talente da echt voll erkannt.

Und der Miller legt da wirklich Wert auf die Genauigkeit!

Schließlich zeichnet das einen guten Regisseur aus, wenn er auch die Nebenrollen motivieren kann. Der Killer-Miller hat sich anscheinend sehr viel mit Tieren auf dem Bauernhof beschäftigt.

Deswegen hat er dem Hansi da auch richtig gute Tipps geben können!

Ich glaub, der Hansi hat dann irgendwann richtig Spaß am Muuuhhhen gehabt.

Schacke-Line und ich haben in der Zeit übrigens Einzelprobe gehabt. Das war so ... TOLL!!!
Denn Sofie Brandstetter hat die Einzelprobe mit uns gemacht!

Und mein Tipp hat wieder mal perfekt funktioniert. Schacke-Line ist mir nicht nahe gekommen. Und berührt hat sie mich erst recht nicht.

Okay, eigentlich hat er nur fast perfekt funktioniert.

Das war vielLeicht ein kleiner Rückschlag in der Beziehung zwischen mir und der Sofie. Aber an sich wär der Tipp 89 echt der Hammer.

Donnerstag

Stellen wir uns mal vor: Draußen ist richtiges Dünnpfiffwetter. Überall ist es neblig und überall ist es kalt. Was würde man da als normaler Mensch machen?!? Hä?!?

Das Komische bei uns ist, dass kaum, wenn es draußen kalt und neblig ist, die Leute anfangen, mit Laternen durch das Dorf zu laufen. Jeder normale Mensch würde so etwas im Sommer machen, wenn es schön warm ist.

Aber dieser heilige Sankt Martin ist halt nun mal im Herbst gestorben. Und deshalb müssen wir darunter leiden und da auch in die Kälte raus.

Viel bescheuerter ist allerdings, dass ich bei diesem doofen Umzug immer noch mitgehen muss. Da sind sonst nur lauter Kinder und so dabei, ist echt voll peinlich für jemanden wie mich.
Allein diese komischen Lieder sind schon unglaublich nervig. Erst recht wenn sie von 200 kleinen Hosenscheißern gebrüllt werden!

Meine Freude über Mamas Begeisterung hab ich echt gut verbergen können. Problem ist halt, dass meine Mutter mit ihrem Trachtenverein das ganze Heiliger-Sankt-Martins-Zeug organisiert.

Da treffen sich übrigens immer ungefähr 50 Frauen ungefähr 50 Mal um eine Aktion vorzubereiten, die ungefähr 50 Minuten dauert!

Der Höhepunkt ist dann übrigens immer, wenn – völlig überraschend – der heilige Sankt Martin mit dem Pferd hergeritten kommt.

Seit Jahren spielt den heiligen Sankt Martin die Tochter vom Hausnerbauern Lenz, also sozusagen dem Bioagrarökonom Lorenz Hausner sein weibliches Kind.

Die klebt sich dann immer einen Schnauzbart hin, damit man nicht merkt, dass der heilige Sankt Martin eigentlich eine Frau ist. Die buschigen Augenbrauen hat sie aber immer.

Na ja, der Schnauzbart macht das alles zwar nicht besser, aber er passt zur Peinlichkeit der Veranstaltung.
Ist ja eh voll die doofe Geschichte, die die da aufführen!
Ich meine: HALLO?!? Der Bettler ist am Verhungern und Erfrieren und bekommt einen halben Mantel?!? Und dann soll er sich auch noch darüber gefreut haben?!? Ich hätte dem heiligen Sankt Martin schon anders meine Meinung gesagt.

Die Frau heilige Sankt Martina ist dann mit allen kleinen Scheißern durch die Straßen gezogen. Und alle haben die komischen Kinderlieder gesungen und haben sich darüber gefreut. Wenigstens hat der Hansi auch mitgehen müssen, dann haben wir gemeinsam wenigstens das Ganze etwas auflockern können.

Das Einzige, warum es sich eigentlich doch lohnt, bei dem Zug mitzugehen, sind die brennenden Laternen. Das schaut nämlich voLL toLL aus. Und da meine ich nicht das Leuchten der Laternen, sondern eher das Brennen! Die richtige Ablenkung ist dabei aLLerdings wie immer sehr wichtig!

Mei, die Kleinen sind halt echt immer leicht reinzulegen. Kaum schauen sie dann wieder hin, brennen ihre elektronischen Laternen endlich mal gescheit.

Das ist übrigens dringend zur Nachahmung empfohlen. Das Wichtige ist dabei aber, dass man den Müttern keinen Grund zum Misstrauen gibt.

Der letzte Freitag vor dem 1. Advent

Nach dem ganzen Proben war heute endlich unser Krippenspiel. Eigentlich war ich die ganze Zeit relativ gechillt. Aber dann hab ich gesehen, dass die Aula richtig gerammelt voll wird.

Und, na ja, da saßen auch viele Lehrer draußen. Ich hab mir schon denken können, was in denen ihren Köpfen vorgeht!

Und dann auch noch meine komplette Verwandtschaft. Puh, die hätte ich nicht unbedingt gebraucht.

Wie auch immer, ich bin aus der Sache jetzt auf jeden Fall nicht mehr rausgekommen. Am liebsten hätte ich mich aber irgendwo versteckt. Oder ins Ausland

abgesetzt. Oder mit Hansi gezockt. Oder Deppenquartett gespielt. Oder ... einfach nur geheult.
Aber keine Chance.

Losgegangen ist's dann mit der Engelsinfo an Maria, dass sie jetzt schwanger ist und so. Für die Engelsrolle ist natürlich nur eine infrage gekommen.

Dann war ich schon dran. An sich habe ich am Anfang nur wenig Text gehabt. Aber der war irgendwie weg. Da hab ich dann halt ein bisschen improvisieren müssen.

Ich weiß zwar nicht genau was, aber irgendwas ist ein bisschen falsch gelaufen in der Szene. Ich glaub aber, dass das keinem aufgefallen ist.

Viel wichtiger ist ja, dass dann gleich der Engel auch zu mir gekommen ist.

Danach haben wir dann so die normale Geschichte runtergespielt.
Ich hab der Maria ihren Ehebruch mit dem Heiligen Geist verziehen, bin mit ihr nach Betlehem gewandert und bin dort aus sämtlichen Wirtschaften rausgeflogen. Schließlich hat uns dann doch ein Wirt in seinen Stall gelassen. Hansi

hat da einen richtig tollen ersten Auftritt gehabt. Und da haben wir's uns dann gleich gemütlich gemacht.

Aber auch die Schacke-Line hat kleinere Textveränderungen gemacht.

Der Hansi war so ein toller Ochse, dass das Publikum ihm sogar einen kurzen Zwischenapplaus gegeben hat. Ich glaube echt, der Hansi hat die Rolle seines Lebens gefunden.

Inzwischen hatte Maria die Plastikpuppe auf die Welt gebracht und in die Krippe auf das Stroh gelegt. Dann sind auch schon haufenweise Leute zum Gratulieren gekommen.

Und so ist unser Krippenspiel auch richtig schnell zum Höhepunkt gekommen.
Alle Beteiligten hatten sich schon auf der Bühne versammelt, um das Abschlusslied gemeinsam zu singen.
Alles wäre gut gewesen! Doch dann ist es passiert.
Schacke-Line ist bei ihrem letzten Satz völlig vom Miller-Text abgewichen. Diese dumme Ziege!

Was danach passiert ist, lässt mir beim Schreiben noch die Gänsehaut über den Rücken laufen.

Kann es etwas Schrecklicheres geben?!?

Kann ein Junge etwas Schlimmeres erleben?!?

Das war mein Ende. Mein Ruf ist völlig zerstört. Ich kann mich nie wieder in der Schule blicken lassen.

Ich hab sofort das böse Lachen der Schauspieler um mich rum gehört.

Aber nicht nur die haben gecheckt, was gerade passiert ist. Ich hab nur kurz ins Publikum geschaut, und mir ist sofort klar gewesen, dass die das auch alle gemerkt haben.

Doch das war noch nicht das Schlimmste. Zum Abschlusslied ist der Killer-Miller auf die Bühne gekommen. Er hat kräftig mit uns „O du fröhliche" gesungen. Aber sein Blick ..., sein Blick ...

Überraschenderweise hat das Publikum sofort nach dem Lied unglaublich zu klatschen angefangen. Die sind sogar aufgestanden. Das war schon irgendwie ein tolles Gefühl. Als wir uns dann alle gemeinsam verbeugt haben, hab ich sogar für einen ganz kurzen Moment vergessen, was mir Schacke-Line angetan hat.

Diese kurze Freude war aber schnell wieder vorbei. Denn ich bin von der Bühne gegangen, und ein riesiger Ochse hat dort grinsend auf mich gewartet. Und ich hab gleich gewusst, dass dieser Abend noch ein großes Nachspiel haben wird.

Hans-Peter Schneider wurde 1981 in Eichstätt geboren und ist in Preith aufgewachsen. Dort lebt er nach einem zehnjährigen München-Aufenthalt auch heute wieder mit seiner Frau Antonia und seiner Tochter Emma. Er arbeitet als Gymnasiallehrer für Deutsch und Geschichte. Neben seiner schriftstellerischen Tätigkeit ist er als Schauspieler, Moderator und Regisseur aktiv und außerdem Vorsitzender von zwei Kulturvereinen.
Im Rosenheimer Verlagshaus sind von Hans-Peter Schneider außerdem „Seppis Tagebuch – Lauter Deppen!" und „Weihnachtsstern – Zauberhafte Geschichten und Gedichte" erschienen.

Teile mir deine lustigsten Schulerinnerungen und Streiche mit oder sag mir deine Meinung zu Seppis Tagebuch:
Besuche meine Hans-Peter-Schneider-Seite auf Facebook, schau vorbei auf www.h-pschneider.de oder schreibe einfach eine Mail an info@h-pschneider.de!